THÈSE

POUR

LE DOCTORAT EN MÉDECINE

Présentée et soutenue le 9 juin 1875,

Par Auguste GUILHEM,

Ancien externe des hôpitaux de Paris,

Lauréat de l'École de médecine de Toulouse,

Membre de la Société des sciences physiques et naturelles de la même ville.

ÉTUDE

SUR LA THROMBOSE DU TRONC BASILAIRE

*Le Candidat répondra aux questions qui lui seront faites sur les diverses
parties de l'enseignement médical*

PARIS

A. PARENT, IMPRIMEUR DE LA FACULTÉ DE MÉDECINE

31, RUE MONSIEUR-LE-PRINCE, 31

1875

A MON PREMIER MAITRE ET AMI

M. LE DOCTEUR LABÉDA

Professeur-suppléant à l'École de médecine de Toulouse,
Chirurgien en chef de l'Hôtel-Dieu.

A MON PRÉSIDENT DE THÈSE

M. LE DOCTEUR LORAIN

Professeur à la Faculté de médecine de Paris,
Médecin de l'hôpital de la Pitié.

A MES MAÎTRES DANS LES HÔPITAUX

M. LE DOCTEUR CRUVEILHIER

Professeur agrégé à la Faculté de médecine,
Chirurgien de l'hôpital Saint-Louis,
Chevalier de la Légion d'honneur.

M. LE DOCTEUR GUIBOUT

Médecin de l'hôpital Saint-Louis,
Chevalier de la Légion d'honneur.

A MES MAITRES DE L'ECOLE DE TOULOUSE.

ÉTUDE

THROMBOSE DU TRONC BASILAIRE

INTRODUCTION.

Avant ce siècle, et jusqu'à l'époque contemporaine, la littérature médicale est muette sur le point spécial qui nous occupe. On ne saurait s'en étonner. Sans doute, Morgagni, Haller (1), etc., avaient, depuis long-temps déjà, appelé l'attention sur le rôle du sang arté-riel dans les fonctions des divers organes; Prévost et Dumas (2) avaient montré expérimentalement l'impor-tance des troubles ischémiques des centres nerveux. Plus récemment, M. Brown-Séquard et M. Vulpian (3) ont fait sur ce point d'intéressantes recherches ; mais

(1) Morgagni. De Sedibus et caus. morb., epist., 19.

(2) Prévost et Dumas. Examen du sang et de son action dans les di-vers phénomènes de la vie. Biblioth. univ. de Genève, 1821. XVII.

(3) Brown-Séquard: Journal de physiologie, 1858. — Vulpian. Sur la durée de la persistance des propriétés des muscles, des nerfs et de la moelle épinière après l'interruption du cours du sang dans ces or-ganes. (Gaz. hebd. de méd. et de chir., 1861, t. VIII.)

ces divers travaux ont été faits d'un point de vue plus physiologique que médical.

La connaissance clinique de la thrombose et dé l'embolie est une conquête toute moderne ; et l'influence des obstructions artérielles sur les ramollissements, aujourd'hui définitivement acceptée, n'était guère comprise avant les travaux de Rostan (1) et d'Abercrombie (2). Legroux en France (3), et Virchow en Allemagne (4), ont mis le fait hors de doute. De plus, — autre raison pour expliquer le silence des auteurs sur la thrombose basilaire, — l'anatomie et la physiologie du mésencéphale étaient lettre morte il y a une quarantaine d'années, et aujourd'hui encore, malgré de nombreux et importants travaux, publiés tant en France qu'à l'étranger, elles offrent de nombreuses lacunes.

Quelques observations disséminées dans les recueils périodiques, et un court mémoire de M. Hayem publié dans les Archives de physiologie en 1868, composent l'histoire de la thrombose basilaire. Nous apportons deux faits nouveaux, observés tout récemment à l'hôpital temporaire : l'un dans le service de M. Damaschino ; l'autre dans celui de M. Rigal. Bien que nous ayons vu nous-même ces deux malades, les observations en ont été prises par les internes du service, nos amis Darolles et Redard, qui nous les ont obligeamment

(1) Rostan. Recherches sur le ramollissement cérébral, 1823, 2ᵉ édit., p. 169.

(2) Abercrombie. Maladies de l'encéphale, trad. de Gendrin, 1835, 2ᵉ édit., p. 34.

(3) Legroux. Thèses, Paris, 1827. Leçons, en 1843, consignées dans la thèse de Bidault (Paris, 1855).

(4) Virchow. In Neue Notizen die Fropiep über Verstopfung der Langenschlagader, 1846. — Manuel de pathologie, 1853.

communiquées. Notre reconnaissance leur est acquise comme notre amitié.

En faisant de la thrombose basilaire le sujet de notre thèse inaugurale, nous n'avons pas eu l'intention d'en donner une monographie complète. Notre travail ne peut être aujourd'hui qu'un modeste tribut apporté à son histoire entière ; mais nous nous tiendrons pourtant pour satisfait si, en provoquant de nouvelles recherches, cet essai, où nous avons groupé les faits de thombose basilaire épars dans la science, en nous efforçant d'en faire ressortir les désiderata, pouvait être de quelque utilité à ceux qui, après nous, pourvus de matériaux plus riches, voudront reprendre l'étude de ce petit point de pathologie.

QUELQUES MOTS D'ANATOMIE.

Laissant de côté tous les détails d'anatomie descriptive qui consistent à donner du mésencéphale sa configuration extérieure et ses limites, nous nous bornerons à quelques mots de texture fournissant des données applicables à la physiologie, et indispensables à connaître pour l'interprétation de certains faits pathologiques. Nous ferons précéder cette étude d'un aperçu de la circulation de la région, insistant spécialement sur les artères nourricières, presque complètement oubliées par nos auteurs classiques. M. Duret (1) a bien étudié, dans un remarquable travail, ce point spécial d'anatomie. C'est à son mémoire que nous emprunterons les principaux détails de ce premier paragraphe.

(1) Duret. Archives de physiologie, 1873.

§ 1er. *Circulation.*

Les artères vertébrales donnent naissance à toutes les artères du mésencéphale. Il n'entre pas dans notre sujet de décrire leurs variations d'origine et de volume. Nées de la sous-clavière, elles montent verticalement dans les trous creusés à la base des apophyses transverses en décrivant quelques flexuosités, et, après une double courbure, perforent la dure-mère entre l'arc postérieur de l'atlas et l'occipital, pour pénétrer dans le crâne. Aussitôt elles contournent les parties latérales du bulbe, gagnent sa face antérieure, et convergent pour former le tronc basilaire.

Le tronc basilaire, plus volumineux que chacune des vertébrales, mais d'un calibre moindre que ces deux artères réunies, s'étend le plus ordinairement du bord inférieur de la protubérance au bord supérieur, où il se bifurque presque à angle droit pour donner naissance aux deux cérébrales postérieures. De sa partie moyenne partent les cérébelleuses supérieures, les inférieures venant de la vertébrale.

Les artères cérébelleuses s'anastomosent entre elles, à la surface du cervelet, par des artères de un quart de millimètre.

« Lorsqu'on pousse une injection colorée dans une des cérébelleuses, elle revient par l'autre dans le tronc basilaire qu'elle distend, et remplit alors le système des deux côtés. Ce fait explique la difficulté signalée par M. Vulpian (1), de suspendre complètement la circulation bulbaire dans les expériences chez les animaux.

(1) Revue des cours scientifiques, 1865, n° 27, p. 454.

Lors même qu'on comprend une certaine étendue du tronc basilaire, entre les deux ligatures, le sang revient au-dessus et au-dessous dans le bulbe, par les anastomoses des cérébelleuses. Lierait-on même tout le tronc basilaire, la circulation se ferait encore, difficilement, il est vrai, par les anastomoses de la cérébrale postérieure avec les cérébelleuses. Dans le cas d'embolie, le résultat est différent, car l'ouverture des cérébelleuses dans le tronc basilaire est oblitérée en même temps que l'origine des petites artères nourricières du bulbe. »

M. Duret divise en trois ordres les artères nourricières de cette région :

1° Les unes sont *latérales* et principalement destinées aux racines nerveuses;

2° Les autres sont *médianes* et vont se rendre aux noyaux du plancher du quatrième ventricule;

La troisième classe est formée des artères des autres parties constitutives du bulbe (olives, pyramides, etc.).

I. Les artères LATÉRALES OU DES RACINES fournissent deux rameaux : l'un remonte avec la racine dans le bulbe; l'autre descend dans la racine vers la périphérie.

Voici quelle serait, d'après le même auteur, l'origine la plus constante pour chaque racine nerveuse.

L'*hypoglosse* reçoit ses rameaux radiculaires de la spinale antérieure et de la vertébrale; *le spinal*, un rameau de la cérébelleuse inférieure en bas, et en haut un rameau de la vertébrale, directement. Les nerfs *pneumogastrique* et *glosso-pharyngien* reçoivent le plus souvent un tronc commun de la vertébrale. Les nerfs *auditif* et *facial* et le *nerf de Wrisberg* ont deux sources d'artères : les unes viennent de la vertébrale, peu avant sa terminaison ; les autres, ou d'une branche née de la basilaire, ou par deux ou trois troncs descendant perpendiculairement de la cérébelleuse moyenne. Le *moteur commun* reçoit les branches du tronc basilaire à son origine. Le trijumeau a une grosse artère spéciale, constante, qui vient directement de la basilaire à la moitié de la distance qui sépare l'origine de la cérébelleuse moyenne de celle de la cérébelleuse postérieure. Enfin les artères des *moteurs externes* viennent de la basilaire à sa bifurcation terminale.

II. Les artères MÉDIANES OU DES NOYAUX peuvent se diviser en : 1° *artères bulbaires proprement dites*, qui viennent de la spinale antérieure ; 2° *artères sous-protubérantielles*, qui viennent de la bifurcation inférieure de la basilaire ; 3° *artères médio-protubérantielles*, qui naissent du tronc même de la basilaire ; 4° *artères sus-protubérantielles*, qui partent de la bifurcation supérieure de ce tronc.

Toutes ces artérioles forment dans le plan médian une sorte d'échelle dont les divisions, parfaitement parallèles, augmentent de bas en haut. Elles sont presque capillaires et n'offrent pas d'anostomoses visibles à l'œil nu. On peut les voir, par le sillon médian postérieur, s'épanouir en fines ramifications sur le plancher du quatrième ventricule.

Ces artères affectent avec les noyaux les rapports suivants : La distribution de la spinale antérieure répond aux noyaux du spinal, de l'hypoglosse et du facial inférieur de Clarke. Les artères sous-protubérantielles et médio-protubérantielles sont destinées au pneumogastrique, au glosso-pharyngien, à l'auditif, et aussi aux noyaux du facial supérieur et du moteur externe. Les artères sus-protubérantielles ont plutôt des rapports avec les noyaux du moteur commun et du pathétique.

La description des artères des autres parties constitutives du bulbe (olives, pyramides, corps restiformes n'entrant pas dans notre sujet, nous n'en parlerons pas.

§ 2. *Texture.*

La protubérance est composée de *faisceaux de fibres transversales* et d'amas de *substance grise*.

Les fibres nerveuses ou fibres blanches, comme on les appelle encore, suivent des directions différentes et se tressent entre elles, de manière à produire une sorte de natte fort compliquée. Les unes, longitudinales, sont en partie la continuation des faisceaux du bulbe, et contribuent à former les pédoncules cérébraux; les autres, transversales, vont constituer les pédoncules cérébelleux moyens. Quant aux amas de substance grise, on en trouve dans tous les intervalles laissés entre eux par les faisceanx de fibres transversales et longitudinales. Réunis, ces amas constitueraient une masse assez volumineuse.

A sa face inférieure, la protubérance présente une sorte d'écorce blanche, composée de fibres transversales, qui se tordent les unes sur les autres pour constituer les pédoncules cérébelleux moyens. On leur réserve plus spécialement le nom de pont de Varole. Au-dessus, un peu de substance grise traversée par des faisceaux blancs : les uns, antéro-latéraux, se continuant avec les pédoncules cérébraux; les autres, transverses, se perdant dans les pédoncules cérébelleux. Dans un troisième plan, on découvre un noyau considérable de substance grise, entrecoupé eseulement de fibres transverses. Enfin, suivant M. Gubler (1), le plan ventriculaire est formé de fibres longitudinales appartenant aux faisceaux du cordon antéro-latéral du bulbe, lesquels sont prolongés dans la protubérance. Ces fibres sont recouvertes d'une couche de substance grise, et forment deux saillies de chaque côté du sillon médian, en dehors desquelles sont situés les prolongements des corps restiformes. M. Gubler insiste sur ce changement de rapports entre les divers faisceaux, conséquence de l'écartement normal des cordons postérieurs de la moelle à la partie inférieure du bulbe : « A ce niveau, en effet, ces cordons s'écartent totalement l'un de l'autre; ils se renversent fortement en dehors, et la moelle, dans la partie correspondante, se déploie à peu près comme un cornet. Elle met ainsi à nu son intérieur, et l'on voit apparaître en arrière la face postérieure de ses cordons antéro-latéraux, recouverts d'une mince couche de substance grise. »

Les amas de substance grise sont en partie constitués par des cellules nerveuses et un grand nombre de petites cellules chargées de pigment jaune.

Nous devons signaler encore deux ordres de fibres, les unes longitudinales, les autres obliques. Des premières, quelques-unes sont des fibres nouvelles qui naissent des amas de substance grise contenus dans la protubérance ou qui s'y terminent; les autres forment un faisceau unique appartenant à la racine descendante du trijumeau.

(1) Ad. Gubler. Mémoires sur les paralysies alternes. Gazette hebdomadaire de médecine et de chirurgie, p. 22. Paris, 1859.

Les fibres obliques sont presque transversalement placées sous l'épendyme du quatrième ventricule et paraissent s'entrecroiser au niveau du sillon médian. Cet entrecroisement, que l'on a décrit comme existant dans toute l'étendue antéro-postérieure de la face ventriculaire de la protubérance (1), ne paraît pas aussi complet que cette indication pourrait le faire croire, et un certain nombre de fibres paraissant entrecroisées ne sont que des fibres commissurales faisant communiquer la substance grise d'un côté avec celle de l'autre côté (2).

Nous ne parlerons pas des origines du facial. Son noyau, que l'on décrit comme situé du même côté que l'origine apparente au-dessous du plancher du quatrième ventricule, appartient à peu près autant à la protubérance qu'au bulbe. Son histoire recevra tous les développements qu'elle comporte dans le chapitre de physiologie pathologique, où nous aurons à faire l'étude des *paralysies alternes*.

Obs. I. — *Thrombose du tronc basilaire. Ramollissement de la protubérance.* (Recueillie par M. Redard.)

La nommée Meillan (Marie), âgée de 42 ans, entre dans le service de M. Rigal, à l'Hôpital temporaire, le 6 avril 1875.

La malade, nous dit-on, avait toujours joui d'une excellente santé. Son intelligence était parfaite ; elle n'avait jamais été paralysée.

Huit jours avant son entrée (le mardi), elle se plaignit à son mari, qui nous donne lui-même ces détails, de fourmillements dans la jambe et le bras droits ; elle pouvait cependant les remuer. Le soir elle s'aperçut qu'elle était complètement paralysée de ce côté. A ce moment elle n'avait pas de céphalalgie, son intelligence était nette, la face n'était pas déviée ; elle n'avait pas perdu la mémoire, elle parlait.

(1) Valentin et Foville père, cités par A. Vulpian. Leçons sur la physiologie générale et comparée du système nerveux, p. 519. Paris, 1866.
(2) A. Vulpian. Loc. cit., p. 519.

Quatre jours après, la paralysie était complète. La malade comprenait les questions qu'on lui adressait, mais elle éprouvait une difficulté extrême à remuer la langue et à s'exprimer. Son mari nous dit qu'il parvenait difficilement à lui faire avaler du bouillon.

Son état ne s'améliorant pas, elle fut transportée dans nos salles, où nous la trouvons dans l'état suivant :

On est frappé tout d'abord par le facies de la malade qui est hébété et immobile. Lorsque celle-ci fait quelques mouvements, on s'aperçoit qu'il existe de la paralysie faciale à gauche. Les plis du front de ce côté sont effacés, le pli naso-labial reste moins marqué qu'à droite. La bouche est déviée.

La langue ne nous paraît pas avoir subi de déviation. Il est vrai que l'on éprouve une difficulté extrême à la lui faire tirer au dehors, et la malade ne peut lui imprimer aucun mouvement de latéralité. A ce moment, pas de contracture de la face.

Il ne paraît pas y avoir de paralysie de l'orbiculaire ; il n'y a pas de strabisme, pas de troubles pupillaires.

La malade éprouve une difficulté extrême pour avaler. La salive s'accumule dans la bouche et s'écoule par la commissure. Le voile du palais ne paraît pas avoir sa sensibilité normale.

L'intelligence est conservée et la malade, ne pouvant répondre, nous fait comprendre par des signes, qu'elle a très-bien saisi nos questions. Elle se plaint de céphalalgie.

Il existe du côté droit une paralysie complète du mouvement. Pas de troubles de la sensibilité ; au tact aussi bien qu'à la température, elle est intacte. Pas de contractions des membres.

Le mouvement et la sensibilité sont parfaits du côté gauche.

L'auscultation du cœur ne nous indique rien de particulier ; il n'y a pas d'athérome dans les artères radiale et humérale.

Le poumon présente tous les symptômes de la bronchite. Il n'y a pas eu de vomissements. Constipation.

L'examen de l'urine pratiqué le jour de l'entrée de la malade ne nous révèle ni sucre ni albumine.

Le 9 avril, il existe un peu de contracture du membre supérieur droit. La malade ne peut remuer la langue, elle agite les lèvres et essaye d'articuler quelques sons.

Le 10, la contracture a disparu. Les symptômes du début sont très-accentués. La paralysie faciale est surtout marquée dans la région inférieure. La déglutition est impossible. Ni sucre ni albumine dans les urines. Température 37,8.

Le 11. L'état ne s'est pas modifié.

Le 12. La paralysie faciale gauche et l'hémiplégie droite persistent sans contracture. La respiration est bruyante, embarrassée. La malade ne peut déglutir, et on ne parvient pas à lui administrer du bouillon.

Le 13. Contracture des masséters ; impossibilité quasi absolue de faire ouvrir la bouche. Pas de contracture dans les membres inférieurs.

Le 14. L'état de la malade s'est aggravé ; la respiration est difficile, inégale, bruyante et très-lente par certains moments. L'intelligence est moins nette.

Le 15. Nouvelle aggravation. La contracture des membres persiste. Respiration très-lente. La malade meurt dans la nuit.

Cette mort n'est pas arrivée brusquement, mais bien par la persistance des symptômes observés dès le début.

Autopsie. Les artères du cerveau ne sont pas athéromateuses. Il n'y a pas d'oblitération. Il est impossible de trouver un foyer d'hémorrhagie ou de ramollissement dans le cerveau.

Au niveau du tronc basillaire, à 4 millimètres au-dessus de la bifurcation des vertébrales, siége un caillot fibrineux ancien, de 6 à 7 millimètres de long, contenant dans sa partie centrale une tache rougeâtre arrondie. La section de la protubérance à sa partie antérieure, nous montre un foyer de ramollissement ocreux du côté gauche ; en certains points la teinte est manifestement rouge. Ce foyer, de la grosseur d'une aveline ne dépasse pas la ligne médiane et peut avoir 6 ou 7 millimètres d'étendue. Du côté opposé, pas de lésion appréciable à l'œil nu.

Les poumons sont gorgés de sang noir. Rien au cœur.

L'examen histologique du vaisseau a été fait par M. Hayem, professeur agrégé de la Faculté, qui a bien voulu rédiger lui-même la note suivante. Le nom de l'auteur nous dispense d'en faire ressortir l'importance ; mais nous sommes heureux de le remercier publiquement pour son obligeante courtoisie à nous accueillir, et son empressement à nous être utile.

Le fragment du tronc basilaire, qui m'a été remis, était complètement oblitéré par une masse solide d'un blanc jaunâtre, contenant vers sa partie centrale une tâche rougeâtre, arrondie.

Sur des coupes minces faites perpendiculairement à la direction du vaisseau, et préparées par les méthodes ordinaires, on voyait les particularités suivantes : les trois tuniques étaient très-altérées ; l'adventice considérablement épaissie, surtout sur certains points, était très-vasculaire et très-infiltrée d'une quantité considérable d'éléments embryonnaires, ou de leucocytes. Dans la membrane moyenne, les altérations, en général moins prononcées, ne portaient que sur des portions limitées. Dans les points malades, les fibres musculaires étaient écartées, et dissociées par un exsudat amorphe, ou par des amas cellulaires, constitués par des cellules embryonnaires, ou même en certains points par des leucocytes. Ces derniers éléments étaient plus rares cependant que dans l'adventice. La membrane interne était considérablement hypertrophiée, et formait toute la partie jaune visible à l'œil nu. Elle était constituée par un tissu conjonctif, d'un aspect spécial, et infiltrée dans quelques points de ses parties externes, par des amas de cellules embryonnaires analogues à celles des deux tuniques précédentes. La membrane élastique interne était facile à retrouver au pourtour de cette sorte de bouchon scléreux ; elle était presque partout amincie et déplissée, et n'était masquée qu'en de rares endroits, par l'accumulation d'éléments infiltrant à la fois la tunique moyenne et les couches externes de la membrane interne. Le centre de cette couche sclérosée, représentant la lumière vasculaire considérablement rétrécie, était occupé par du sang fraîchement coagulé. C'est cette partie, qui, à l'œil nu, se voyait comme une petite tache rouge arrondie.

Autour du caillot, les couches sclérosées de la membrane interne étaient disposées d'une manière concentrique assez régulière. Le caillot était formé par des sortes de tractus étroits composés de globules blancs, et peut-être aussi de fibrine ; et tous les espaces limités par ces tractus étaient comblés par des globules rouges. On peut en conclure que ce caillot était récent, et ne remontait qu'à quelques jours.

Il est important, de plus, de remarquer que les trois tuniques malades, et particulièrement l'interne, contenaient de fines granulations graisseuses, et que, dans le tissu sclérosé de cette dernière, on voyait sur certaines préparations la coupe de petits vaisseaux.

En pratiquant un grand nombre de coupes minces, on constatait encore que vers le milieu de la lésion, la lumière occupée par le caillot était tout à fait filiforme ; tandis qu'à l'extrémité inférieure (la seule conservée), cette lumière s'élargissait progressivement, l'épaisseur de la membrane interne diminuait d'autant.

Ces particularités se rapportent à une endartérite atteignant les trois tuniques, mais plus particulièrement l'interne.

Dans cette dernière membrane, le processus présentait les caractères d'une altération chronique à marche lente, tandis que dans les deux autres, il offrait le caractère d'une inflammation aiguë récente.

On peut donc, dans ce cas, attribuer la coagulation du sang qui a déterminé l'oblitération complète du vaisseau, soit au rétrécissement considérable de la lumière vasculaire, soit à cette poussée d'inflammation aiguë survenue dans les membranes moyenne et adventice d'un vaisseau scléreux depuis longtemps déjà.

Cette variété d'artérite est assez fréquente dans les artères de la base du cerveau ; il est rare cependant, que les altérations de l'adventice et de la membrane moyenne soient aussi prononcées et aussi aiguës. A cet égard ce fait offre une certaine analogie avec ceux que j'ai publiés. Il ne faudrait pas en conclure que l'oblitération du tronc basilaire est déterminée par une variété d'artérite d'une nature particulière. Il est très-probable au contraire que toutes les artères de la base du cerveau peuvent présenter les mêmes variétés d'inflammation.

Dans la partie ramollie de la protubérance il existait un nombre assez considérable de corps granuleux.

Mai 1875.

G. Hayem.

Obs. II. — *Oblitération du tronc basilaire. Mort prompte. autopsie.*
(Hayem.)

Aline B..., 33 ans, entre le 2 novembre 1866, à Lariboisière. Le 1er novembre, des voisines la trouvent chez elle sans connaissance et l'amènent le lendemain à l'hôpital dans un coma complet.

A cinq heures, à la visite, la malade offre tous les symptômes de l'agonie. Pas de résolution complète des quatre membres, et lorsqu'on la pince, la malade les retire lentement, mais sans manifester la perception de la douleur. La mort survient à neuf heures sans autres phénomènes.

Autopsie. Le tronc basilaire, à son origine, est le siége d'une tuméfaction notable ; à ce niveau, le vaisseau est dur, résistant ; à sa terminaison petites plaques scléreuses. Carotides et sinus caverneux un peu épaissis. Petites saillies dures au toucher, à la paroi interne et faisant corps avec la paroi vasculaire, à la coupe du cerveau on note un piqueté intense et une coloration foncée des centres. La protubérance semble avoir un peu la consistance de la pâte de guimauve dans presque toute son épaisseur, surtout dans sa partie inférieure répondant directement au tronc basilaire. Le cœur est sain. Sorte d'éruption des des plaques scléreuses à la crosse de l'aorte. Reins et poumons

Guilhem.   3

congestionnés. Le caillot de la basilaire est d'une coloration rose, d'une
consistance friable à sa partie supérieure ; il est dur et très-résistant au
niveau de l'éperon vasculaire. Dans la vertébrale gauche, on trouve un
caillot qui paraît indépendant du premier et offre une coloration plus
foncée.

Obs. III. — *Artérite du tronc basilaire et thrombose. Mort. Autopsie.*
(Pichereau).

Jeanne C..., 52 ans, entre le 7 novembre 1866 à Lariboisière. Pas
de renseignements. Elle est trouvée chez elle par des voisines qui
l'amènent à l'hôpital. La veille elle se livrait à ses préoccupations habi-
tuelles.

Pâleur de la face, extrémités refroidies, sueur froide, perte de connaissance, la sensibilité paraît abolie. Pouls petit, misérable, précipité,
avec quelques irrégularités. Rien au cœur, respiration suspirieuse, sans
signes stéthoscopiques.

Membres dans la résolution. Le soir, l'insensibilité et la perte de
connaissance persistent, l'agitation est extrême, la face est vultueuse,
les yeux injectés. La peau est sèche, brûlante.

Même fréquence du pouls, pas de garde-robe, rien dans la poitrine.
La malade meurt à 3 heures de la nuit.

Autopsie. Rien dans le crâne, la dure-mère, des sinus et des carotides.
A l'origine du tronc basilaire, dans l'étendue de 1 centimètre, saillie
dure, bombée, jaunâtre, commençant au niveau de l'éperon. Au-dessus,
sang rouge, fraîchement coagulé, au-dessous, artères vertébrales vides.
rien d'appréciable à l'œil nu dans les autres vaisseaux, à peine quelques
épaississements diffus de leurs parois.

L'encéphale paraît anémié à la coupe. La protubérance seule est plus
foncée, et on voit plusieurs petits vaisseaux dans lesquels le sang s'est
coagulé.

On voit par le microscope que la paroi artérielle au niveau de la
thrombose est considérablement épaissie. Les trois tuniques sont inté-
ressées surtout la moyenne et l'interne.

Dans la protubérance on voit plusieurs vaisseaux remplis de globules
rouges. La paroi est infiltrée çà et là de granulations graisseuses, rien
enfin se rapportant avec certitude à un ramollissement au début.

Nous ne croyons pas devoir reproduire l'examen histologique qui accompagne ces deux observations, dans

la crainte d'allonger inutilement notre travail. Les altérations constatées par le microscope sont identiques à
celles présentées par la malade de notre première observation. Il s'agit dans ces trois faits, non point d'une
artérite nouvelle, mais d'une variété d'artérite remarquable par sa nature plus franchement inflammatoire
que la simple sclérose, et aussi par son siége anomal
dans l'épaisseur des trois tuniques à la fois.

Obs. IV. — *Thrombose basilaire. Mort rapide.* Par M. Cartaz, interne
des hôpitaux de Lyon.

Nicole Sigret, tulliste, 43 ans, entre à l'hôpital le 1er mai 1869. Elle
donne les renseignements suivants :

Il y a un an, hémiplégie brusque du côté gauche, complète sous le
rapport du mouvement, mais avec diminution seulement de la sensibilité. La paralysie porta sur la face, il y eut déviation de la bouche, de la
langue et de la luette. L'amélioration fut rapide.

Il y a six mois, à la suite de refroidissements successifs elle fut prise
d'une toux pénible, déchirante, avec accès de suffocation et palpitations
de cœur assez intenses. Séjour d'un mois à l'hôpital. Amélioration.

Aujourd'hui 1er mai, la malade rentre avec un point pleurétique bien
net. La maladie suivait son cours, lorsque le 29 du même mois la
malade se plaignit d'avoir un peu d'œdème limité aux pieds et au bas
de la jambe.

L'auscultation montrait à cette époque la pleurésie limitée à la base
du poumon et une tendance générale à la guérison.

Dans la nuit, la malade fut prise assez subitement d'une gêne de la
respiration, puis de dyspnée compliquée d'une agitation très-vive et
enfin de délire, sans qu'aucune médication eût amené de sédation. La
mort arriva trois ou quatre heures après l'invasion de ces symptômes.

Autopsie. Trente heures après la mort.

Rigidité cadavérique assez marquée.

Crâne. Sinus remplis de sang noir, sans caillots. Sérosité épanchée
dans la cavité sous-arachnoïdienne et les mailles de la pie-mère. La
substance blanche du cerveau présente un piqueté hémorrhagique. Un
peu de sérosité dans le troisième ventricule et le ventricule latéral
gauche. Foyer de ramollissement d'une étendue de 0,03 à 0,04 à la

partie postéro-externe du ventricule latéral droit ; quelques grammes de sérosité jaune sale dans l'intérieur du ventricule.

Le corps pituitaire est ramolli, et en le piquant légèrement on fait sourdre un peu de pus ramassé à l'intérieur. Ce petit foyer purulent n'a pas de prolongements sur les ramifications nerveuses voisines.

Pédoncules, protubérance, moelle allongée en bon état. Les artères du cerveau, cérébrales, cérébelleuses, sylviennes, etc., sont le siége de petites plaques athéromateuses, jaunes, épaisses, dure, sous la coupe et bien apparentes à travers les tuniques, faisant saillie sur la paroi interne. Le tronc basilaire spécialement, forme un cordon dur et rigide.

L'aorte présente au niveau de la crosse et de la deuxième courbure, quelques plaques athéromateuses à leur début de formation.

Examen histologique dû à M. Christot.

Le tronc basilaire est déformé et épaissi par des plaques scléro-athéromateuses confluentes surtout à l'origine du vaisseau. Là elles forment un anneau représentant les quatre cinquièmes de l'artère ; l'épaisseur la plus grande correspond à la face antérieure. La forme cylindrique du vaisseau a disparu ; il est inégalement aplati et présente des saillies irrégulières et des dépressions correspondant aux points altérés et à ceux restés sains. Ces plaques sont d'un blanc grisâtre, molles et sans élasticité. Elles sont recouvertes de fines arborisations vasculaires appartenant à la tunique adventice qu'on peut isoler avec les pinces et qui ne paraît avoir avec la néoplasie que des rapports de contact.

A la coupe, on trouve le vaisseau oblitéré par un caillot d'un blanc rosé, blanc à la périphérie, rose à la partie centrale. Toutefois ces deux teintes se fondent de telle façon qu'il serait impossible d'assigner à l'une ou à l'autre une démarcation précise. Le caillot adhère à la paroi artérielle ; cette adhérence est surtout intime au niveau de l'anneau incomplet formé par la lésion scléro-athéromateuse. A ce point, on est surpris de l'épaisseur qu'à acquise la paroi artérielle qui offre à peu près quatre ou cinq fois l'épaisseur normale.

Le néoplasme s'est développé surtout vers le calibre de l'artère qui non-seulement est très-irrégulier, mais qui est oblitéré, moitié par la plaque athéromateuse, moitié par le thrombus. La malaxation de l'artère, entre les doigts, désagrége le caillot de préférence dans sa partie centrale, mais en laisse adhérer des parcelles à la face interne de l'artère.

La coupe des plaques scléro-athéromateuses est jaunâtre, inégalement dense et colorée sur les différents points de son épaisseur. Çà et là quelques pertuis résultant de l'expression entre les doigts de cette coupe, qui graisse assez fortement le papier.

Le caillot oblitérateur occupe un espace de plus d'un centimètre et demi; il se termine en pointe et n'atteint pas le point de division de l'artère, qui renferme à ce niveau de petits caillots mous, se prolongeant dans les cérébrales postérieures. Ils n'occupent qu'une faible partie du cylindre artériel.

Le tronc basilaire est tout d'abord placé dans une solution faible d'acide chromique et trois jours après dans l'alcool à 90°. Des coupes sont pratiquées au niveau de l'anneau athéromateux, parallèlement et transversalement à l'axe du vaisseau; d'autres ont été faites sur des portions d'artères desséchées.

Ce qui frappe dans ces coupes transversales, c'est la facilité avec laquelle on parvient à sectionner à la fois et les parois de l'artère et le thrombose qui y adhère. Mais la macération dans le carmin ramollit ce dernier, et quand on étale les préparations et quand surtout on les lave au pinceau, une partie de la coupe du thrombus se désagrége. Les parties centrales se dissocient les premières, et il reste toujours adhérant à la paroi des parcelles du caillot obturateur.

A l'examen microscopique, on trouve la néoplasie constituée : 1° par des cellules fusiformes ou étoilées; 2° par des cellules et des noyaux arrondis; 3° par une petite quantité de fibres connectives; 4° par la matière amorphe; 5° par des produits de désagrégation cellulaire.

Les cellules fusiformes sont les plus abondantes. On les trouve en grand nombre sur les coupes longitudinales. Elles renferment un ou deux noyaux arrondis ou elliptiques, à bords bien délimités et foncés par le carmin. Les cellules et les noyaux arrondis sont toujours disposés par série régulière de trois à cinq éléments, contenant tous une certaine quantité de fines granulations graisseuses, et unis en divers points par des fibres très-fines, quelques-unes de nature élastique, et surtout par de la matière amorphe transparente.

Dans toute l'épaisseur de la plaque scléro-athéromateuse, on rencontre une grande quantité de graisse. L'altération graisseuse est plus accusée à mesure qu'on s'éloigne du calibre du vaisseau. C'est dans le voisinage de la tunique musculaire, que l'on rencontre les champs les plus vastes de graisse et de débris granuleux. Çà et là quelques amas de carbonate de chaux.

Une zone connective bien délimitée, restes probables de la tunique interne, sépare la plaque athéromateuse de la tunique *moyenne*, qui ne présente pas traces d'irritation s néo-formatives. Dans les points où le vaisseau est le plus épais, elle est atrophiée (ceci se voit surtout bien sur des coupes transversales). Les éléments disparaissent et font place à des granulations graisseuses, sans qu'on observe aucun travail de prolifération.

La tunique externe est un peu épaissie. Les cellules fusiformes et étoilées qu'elles renferment sont plus volumineuses et contiennent de la graisse.

Le thrombus est constitué à sa périphérie par des couches sanguines anciennes (fibrine granuleuse, amas pigmentaires; pas ou peu d'hématies), et au centre par des couches de formation récente (fibrine réticulée, hématies en grand nombre).

Les petites artères de la pie-mère, du bulbe et de la protubérance sont le siége d'altérations analogues. Sur leur parcours on trouve de petites saillies grisâtres, ovoïdes, plus résistantes que celle des artères de gros calibre. A leur niveau sont de petits caillots, qui n'oblitèrent que très-partiellement le calibre artériel (*Lyon médical*, |1869, t. III, p. 442).

Obs. V. — Thrombose de l'artère basilaire; ramollissement de la protubérance. (Recueillie par M. Darolles.)

La nommée X..., âgée de 36 ans, est entrée le 4 mars 1875, à l'Hôpital Temporaire, salle St-François, n° 31, service de M. Damaschino.

Les renseignements assez vagues qu'il nous a été permis de recueillir, nous permettent de supposer que, jusqu'à ces temps derniers, la malade avait joui d'une santé parfaite.

Le début de l'affection, pour laquelle elle est entrée à l'hôpital, remonte à huit jours environ. A cette époque, nous dit-elle, elle fut prise d'une violente céphalalgie occipitale assez intense pour lui interdire son travail et la priver de tout repos.

Il y a deux jours, c'est-à-dire le 2 mars, elle fut subitement frappée d'une perte incomplète de connaissance d'un quart d'heure de durée environ, à la suite de laquelle elle s'aperçut qu'elle était paralysée de tout le côté droit du corps, et qu'elle éprouvait une gêne marquée dans l'articulation des sons. A partir de cet instant, nous dit-elle, la céphalalgie du début disparut.

Le 4 mars, nous constatons l'état suivant : le côté droit est frappé d'une paralysie complète : les membres correspondants, soulevés au-dessus du plan du lit, retombent lourdement; le membre inférieur est frappé au même degré que le supérieur.

La moitié droite de la joue, à l'exception de l'orbiculaire, est paralysée; la commissure gauche est attirée en haut et en dehors, la joue droite est flasque et soulevée à chaque mouvement brusque d'expiration qu'exécute la malade.

. Le parallélisme des deux axes oculaires est conservé, les pupilles sont également dilatées et se contractent sous l'influence de la lumière.

La langue est péniblement projetée en avant et ne peut être portée au delà du bord libre de la lèvre inférieure. La malade ne peut lui imprimer ni mouvement de latéralité, ni mouvement d'élévation et d'abaissement. Aussi, la parole est-elle profondément entravée; l'émission des sons est pénible et leur articulation imparfaite, quoique l'intelligence soit intégralement respectée.

La sensibilité cutanée est conservée dans tous ses modes et sur toute l'étendue du tégument externe. Il en est de même de la sensibilité des muqueuses et en particulier de celle du pharynx, dont les mouvements réflexes s'exécutent normalement.

Les organes des sons sont intacts.

Aucun symptôme morbide à noter dans les appareils circulatoire et respiratoire.

Les urines ne contiennent ni sucre ni albumine.

Pas d'incontinence d'urine ni de matières fécales.

5 mars, matin. Nous trouvons la malade dans le décubitus dorsal et les quatre membres dans la résolution complète. Il n'existe ni déviation conjuguée des yeux ni rotation de la tête.

La malade est maintenant dans l'impuissance la plus absolue d'articuler le moindre son. Ce n'est que par les mouvements qu'elle imprime aux globes oculaires qu'elle tâche de répondre aux questions qu'on lui adresse, et d'accuser les sensations qu'elle ressent. Grâce à cette mimique imparfaite, elle a pu nous faire comprendre qu'il n'était pas survenu de perte de connaissance pendant la nuit; que la sensibilité cutanée était conservée, et que la céphalalgie n'avait pas reparu.

Elle ne peut faire exécuter le moindre mouvement à sa langue, qui reste désormais comme fixée dans la cavité buccale en arrière des incisives.

Ce n'est que difficilement qu'elle abaisse la mâchoire inférieure, dont les muscles élévateurs présentent un léger degré de rigidité et font une très-faible saillie au-dessous de la peau.

Quant à la paralysie faciale, elle est maintenant bilatérale; les commissures labiales sont sur une même ligne horizontale; des deux côtés les rides sont effacées et les joues inertes flottent à chaque expiration.

Cependant, les sourcillières et les muscles frontaux n'ont pas entièrement perdu leur contractilité volontaire, ce dont on s'aperçoit par les froncements que la malade peut encore exécuter.

Les orbiculaires des paupières ne sont pas paralysés. Les pupilles sont égales et se contractent bien à la lumière. Pas d'incontinence; le pouls est petit, fréquent, régulier.

Température, 38°2; sueurs profuses.

Traitement. — Ecoulement continu de sang par l'application de 30 sangsues successivement placées sur les régions mastoïdiennes.

Soir. La malade est toujours dans le décubitus dorsal; la tête est dans la rectitude et les yeux parfaitement mobiles dans leur orbite.

La respiration est bruyante, fréquente, superficielle.

La mâchoire inférieure est fortement appliquée contre le maxillaire supérieur, dont il est presque impossible de la séparer. Les muscles masséters, vigoureusement tendus, font saillie sous la peau. Par les deux commissures labiales s'écoule constamment une écume blanchâtre. La déglutition des liquides est impossible. Une cuillerée d'eau déversée dans le vestibule de la bouche provoque aussitôt un effort violent de toux et retombe le long des commissures.

La paralysie faciale semble plus prononcée à gauche qu'à droite. De ce côté, en effet, la joue paraît plus flottante à chaque mouvement d'expiration.

Du côté des membres, on observe des phénomènes variés : l'avant-bras gauche est fortement étendu sur le bras, et les tentatives exercées pour fléchir le tégument inférieur provoquent des signes évidents de douleur. La contracture est uniquement limitée au triceps brachial, car les doigts et le poignet n'offrent aucune résistance lorsqu'on tâche de les fléchir et de les étendre. Pas de contracture dans le membre supérieur droit; le membre inférieur du même côté se trouve dans l'extension forcée et se laisse soulever tout d'une pièce.

Le membre inférieur gauche ne présente pas de contracture.

Outre ce trismus et cette contracture croisée des membres, la malade présente, de temps à autre, de véritables contractions cloniques, pendant lesquelles la tête est fortement étendue sur le tronc; les quatre membres dans l'extension forcée sont brusquement ramenés vers la ligne médiane; les membres supérieurs étant appliqués contre le tronc, les membres inférieurs pressés vigoureusement l'un contre l'autre.

Ces convulsions, de courte durée, apparaissent à des intervalles assez rapprochés, toutes les cinq minutes environ. Notons que, dans les intervalle de repos, le trismus et la contracture croisée des membres, que nous avons plus haut signalés, persistent avec les mêmes caractères.

La pupille gauche est un peu plus dilatée que la droite.

Le sentiment, la sensibilité cutanée, ainsi que les mouvements réflexes des membres sont conservés.

Sueurs profuses; pouls fréquent, petit, régulier; le thermomètre marque 37°5.

6 mars, matin. Les contractures partielles, qui existaient la veille, ont maintenant disparu. Les quatre membres sont dans la résolution complète. La respiration est stertoreuse; pas de perte de la connaissance; sueurs profuses; pouls petit, régulier. Température, 38°2.

A chaque inspiration, le ventre se rétracte fortement; le diaphragme semble aspiré par le thorax; les côtes inférieures sont immobiles.

La malade succombe à une heure de l'après-midi.

Autopsie faite le 8 mars 1875, à huit heures du matin, quarante heures après la mort.

Cerveau. — Dans la grande cavité arachnoïdienne, existe une mince nappe de sang noirâtre, recouvrant une grande partie de l'hémisphère gauche. Cet épanchement paraît être le résultat de la rupture d'une veine de la pie-mère, située tout à côté du sillon longitudinal supérieur. En regard, à peu près de la partie moyenne de ce sillon, se trouve, en effet, une veine présentant une déchirure obturée par un caillot noirâtre, et qui livre passage à du sang lorsqu'on vient à presser sur les parties voisines du cerveau.

Les veines de la pie-mère sont turgescentes et remplies de sang noirâtre.

Pas d'épanchement sous-arachnoïdien; la surface interne de la dure-mère n'offre pas le moindre indice d'inflammation.

Les artères de la base ne portent pas le moindre signe intérieur de dégénérescence athéromateuse.

L'artère basilaire, à sa partie moyenne, contient, dans son intérieur, un nodule dur qui paraît complètement obturer la lumière de l'artère. Nous reviendrons plus bas sur ce point. Toute la substance blanche des hémisphères est parsemée d'un sablé très-abondant, qui laisse à la coupe échapper de nombreuses gouttelettes sanguines.

Il n'existe ni épanchements ventriculaires, ni noyaux hémorrhagiques, soit dans la substance, soit dans les noyaux gris de l'encéphale.

Cervelet. — Piqueté sanguin; pas d'hémorrhagie ou de ramollissement.

Protubérance et *bulbe. Artère basilaire.* — Une injection, poussée par le bout inférieur de l'artère basilaire, ne peut franchir l'obstacle que nous avons signalé à la partie moyenne de ce vaisseau. Une incision longitudinale de l'artère met à jour une concrétion grisâtre, de forme ovoïde, de la grosseur d'un pepin de raisin. Ce corps obturant, de consistance assez ferme, est situé à la partie moyenne de l'artère, et adhère intimement par la périphérie à la tunique interne du vaisseau,

Guilhem.   4

soit à ce niveau, soit dans les autres points de leur étendue ; les tuniques artérielles paraissent absolument saines à l'œil nu.

Des coupes pratiquées sur la protubérance permettent de constater qu'une portion de cet organe est ramollie, et de circonscrire exactement la limite du ramollissement. Ce foyer de ramollissement, de la grosseur d'une noisette de moyen volume, occupe la moitié latérale droite de la protubérance et ne dépasse en aucun point la ligne médiane. Il est limité à la moitié supérieure de la portion latérale droite de l'isthme, et s'arrête, en haut et en avant, au point d'émergence des pédoncules cérébraux en dehors, à la naissance du pédoncule cérébelleux moyen. Sa cavité est remplie d'une pulpe blanchâtre se rapprochant de la couleur du lait, se laissant facilement désagréger sous l'effort d'un mince filet d'eau. Tant en haut qu'en bas, il est circonscrit par une couche de substance cérébrale absolument saine.

Les autres parties de la protubérance, de même que le bulbe, ne présentent pas de lésion.

La base du crâne, et, en particulier, la gouttière basilaire n'est le siége d'aucune tumeur ayant pu amener la compression de l'artère basilaire.

Pas de lésion de la moelle.

Le cœur est complètement sain et ne renferme dans ses cavités aucune concrétion ayant pu amener un transport embolique.

Il en est de même de l'aorte et des gros vaisseaux qu'elle fournit, qui ne présentent pas la moindre trace d'athérome.

Le poumon gauche est le siége d'une injection très-marquée, surtout à la base. Quelques traces ecchymotiques sous la plèvre.

Injection du rein gauche.

Les autres organes n'offrent aucune particularité à signaler.

Obs. VI. — *Attaque apoplectiforme. Obturation de l'artère basilaire par un caillot. Ramollissement d'une partie du lobe cérébelleux droit. Congestion de la protubérance annulaire. Mort. Autopsie. (Mémoire de Hayem, Archives de physiologie, 1868.)*

Monnier (Marie), âgée de 88 ans, entre, le 8 décembre 1864, dans le service de M. Vulpian, à la Salpêtrière.

Après avoir éprouvé, pendant un an, de vives contrariétés, sa face est devenue habituellement rouge, et, de temps en temps, elle a été sujette à des éblouissements. Le 5 décembre dernier, une surveillante l'aperçut plus faible que d'habitude et marchant moins facilement ; elle se plaignait, en outre, d'étourdissements. Dans la nuit du 7 au 8 dé-

cembre, après avoir travaillé le soir jusqu'à cinq heures, elle a été prise
subitement, à 5 heures du matin, d'une attaque et a jeté un cri violent.
Amenée à l'infirmerie, elle présente l'état suivant : Couchée sur le dos, sans
déviation de la tête, les yeux fermés, elle respire lentement, et la respiration est parfois soufflante et suspirieuse ; la bouche est déviée, la commissure gauche relevée, couverte de matière spumeuse et jaunâtre. On ne
constate pas les mouvements dans l'aspiration des lèvres qui constituent
ce que l'on désigne habituellement par « fumer la pipe » ; point de
vomissements. Les quatre membres sont dans la résolution. De temps à
autre, il est permis de noter des mouvements spontanés du bras gauche. Le bras droit, soulevé, retombe comme une masse inerte ; la sensibilité est conservée dans les quatre membres, les mouvements réflexes
y sont très-manifestes. A la face, on note de temps à autre de courts
mouvements convulsifs dans les muscles des deux côtés. Lorsque la
malade tousse, on constate aussi des mouvements associés des différents
membres, surtout du côté gauche. Les muscles du membre supérieur
gauche se contractent et offrent des spasmes toniques, une fois au moins
par minute, et à la fin de l'aspiration. Les pupilles sont contractées,
surtout à gauche ; il y a aussi une légère divergence des axes optiques.

Le soir, à la visite, il y a une résolution complète ; les deux membres, soulevés, retombent lourdement. La malade ne sent plus quand
on la pince, mais le chatouillement de la plante des pieds cause dans
les membres inférieurs de très-petits mouvements réflexes. On ne constate plus l'existence des convulsions toniques observées le matin. Les
bronches sont pleines de mucosités ; les râles sonores s'entendent à
distance. Le pouls est petit, fréquent ; les battements du cœur sont
tumultueux. Mort le même soir à huit heures.

Autopsie faite le 10 décembre, 36 heures après la mort.

Cavité crânienne. — Adhérences anormales de la dure-mère aux
parois osseuses, en avant principalement, par de néo-membranes.

Encéphale. — Son poids est de 1,040 grammes. Les artères de la base
sont fortement athéromateuses. Les vaisseaux superficiels des méninges,
ainsi que les sinus de la dure-mère, sont congestionnés. L'artère basilaire, qui est athéromateuse dans presque toute sa longueur, contient
un caillot paraissant un peu ancien. Il est, dans quelques points, correspondant à une plaque athéromateuse de l'artère, grisâtre à sa surface et noir dans la partie centrale. Sa consistance est dure, il rend
l'artère résistante sous le doigt. Il l'obture évidemment complètement.
Il adhère un peu, en certains points de sa surface, à la paroi artérielle,
ne se prolonge pas dans les branches collatérales et n'offre pas même
de prolongement en avant.

Cerveau. — Aucune lésion appréciable, soit de la substance blanche, soit de la substance grise des hémisphères, ni des corps striés et des couches optiques, mais la protubérance, dans la moitié supérieure gauche, offre une légère diminution de consistance, ne méritant pas le nom de ramollissement ; elle présente, dans cette partie, une teinte rougeâtre.

Ramollissement très-marqué, et rougeâtre dans certains points de toute la moitié supérieure de l'hémisphère cérébelleux *droit*, allant jusqu'au sillon médian. Ce ramollissement ne dépasse gnère la substance grise ; le noyau blanc a réellement sa coloration et sa consistance normales.

Rien dans le bulbe rachidien, ni dans les pédoncules cérébraux et cérébelleux. On a examiné, à l'aide du microscope, les vaisseaux de la portion ramollie du cervelet ; ils ne sont pas altérés, du moins en général ; quelques-uns seulement présentent des traînées de granulations graisseuses dans leurs parois. On n'a trouvé à l'intérieur de ces vaisseaux ni corps granuleux, ni caillots anciens, ni cholestérine en plaques ; il n'y a pas non plus de corps granuleux dans la substance cérébelleuse dont les éléments anatomiques paraissent sains.

Cavité thoracique. — Le poumon droit pèse 510 grammes ; le sommet est adhérent, et à son niveau on trouve un noyau de pneumonie chronique ; pas de traces de tubercules, un peu d'œdème. Les branches contiennent un liquide séro-sanguinolent, quelques points sont emphysémateux. Le poids du poumon gauche est de 450 gr. On trouve sur le côté quelques adhérences ; au sommet, un point de pneumonie chronique avec épaississement de la plèvre. Les bronches sont rouges, injectées de sang, et laissent écouler à la coupe un liquide séro-sanguinolent.

Cœur. — Pas de traces de péricardite, insuffisance légère de l'aorte ; les valvules de l'orifice aortique offrent des altérations athéromateuses déjà avancées, avec épaississement et induration calcaire en quelques points. La valvule antéro-droite de l'aorte est épaissie, comme cartilagineuse ; elle est un peu rigide et devait mettre obstacle à l'obturation complète de l'orifice sous l'influence de l'ondée sanguine aortique, ce qui explique l'insuffisance. L'aorte est fortement athéromateuse à son origine, où l'on trouve des points ulcérés, pulpeux. La crosse, les portions thoracique et abdominale sont le siége de lésions analogues. Petites végétations sur le bord libre des valvules de l'orifice auriculo-ventriculaire gauche. .

Cavité abdominale. — Foie congestionné offrant l'empreinte de quelques côtes ; les reins et la rate sont hyperémiés, sans autres altérations. Aucune lésion de l'utérus et de ses annexes.

Obs. VII. — *Endartérite avec dilatation du tronc basilaire. Ramollissement de la protubérance annulaire.*

G..., âgée de 76 ans, ancienne couturière, est prise, le 5 septembre 1869, à sept heures et demie du matin, d'un vomissement subit non alimentaire et de diarrhée ; elle ne perd pas connaissance et ne pousse aucun cri. Transportée à l'infirmerie de la Salpêtrière, dans le service de M. Charcot, suppléé par M. Lancereaux, cette malade est dans le décubitus dorsal ; elle a la face colorée, sans différence de température des deux pommettes ; le sillon naso-labial droit est légèrement effacé, la tête n'est pas déviée, l'œil droit est dirigé en haut et en dedans, l'œil gauche regarde plutôt en avant et un peu à droite. Renseignements pris, il paraît que cette malade était affectée de strabisme. Les paupières sont le plus souvent fermées, et il y a de la tendance à la somnolence ; le bras et la jambe du côté droit ont perdu une partie de leurs mouvements volontaires ; la sensibilité n'est nulle part troublée. Le soir, rotation de la tête à gauche ; même disposition des yeux ; pupilles contractées ; face pâle, paralysée à droite, langue légèrement déviée à gauche. Le bras droit, paralysé et flasque, est plus chaud que le gauche ; la jambe correspondante présente les mêmes phénomènes. La malade fume la pipe. La sensibilité ne paraît pas altérée. Respiration lente, non bruyante ; pouls non accéléré, température 38 $\frac{2}{5}$; battements du cœur ralentis et réguliers ; vomissements muqueux, peu biliaires ; diarrhée abondante.

6 septembre. L'habitude extérieure n'a pas changé ; les membres sont toujours flasques à droite ; le côté droit est sensiblement plus chaud que le côté gauche ; la température prise, comme la veille, dans le rectum, est de 38 $\frac{1}{5}$: 78 pulsations. Le soir, pouls 90 ; respiration 30 ; température 39 $\frac{2}{5}$; la malade continue de fumer la pipe et présente un peu d'écume à l'angle des lèvres. Le 7 au matin, état assez semblable à celui de la veille, à part la température, qui est montée à 42 $\frac{1}{5}$. La mort a lieu à midi un quart ; la température, quelques minutes après, est de 43 $\frac{2}{5}$.

Autopsie. — Le cadavre présente sur le côté droit de la face, du cou, du thorax, et même des cuisses, de petites taches violacées qui existaient déjà avant la mort. A gauche, rien de semblable. La rigidité du bras droit est plus prononcée que celle du bras gauche. Le cou est raide et la face tournée à droite. Les deux jambes sont également raides. Ab-

sence d'ecchymoses épicrâniennes. La calotte osseuse n'offre rien de par:
ticulier, mais au moment où elle est détachée, il s'écoule une assez grande
quantité de sang provenant des sinus. Les méninges sont intactes, le liquide céphalo-rachidien est abondant. Les deux artères vertébrales sont
jaunâtres et dilatées ; le tronc basilaire est de la grosseur du petit
doigt. Beaucoup plus volumineux à son origine qu'à sa terminaison, ce
tronc, de teinte jaune ou noirâtre, est solide et complètement rempli
par un coagulum fibrineux, formé de couches lamelleuses imbriquées,
d'autant plus anciennes, qu'elles sont plus rapprochées de la paroi.
Celle-ci, altérée dans toute son étendue, est amincie sur quelques points
et réduite à sa tunique externe.

Les artères cérébrales postérieures sont dilatées, presque moniliformes,
de teinte jaune et libre de tout coagulum. Les communicantes postérieures, amincies, aboutissent aux sylviennes, qui sont athéromateuses
et dilatées, mais nullement oblitérées. Les artères cérébelleuses inférieures sont exsangues, celle de droite est rudimentaire. La protubérance offre une consistance assez normale dans toute sa moitié droite,
qui semble un peu déprimée. La moitié gauche, qui paraît au contraire
un peu renflée, est le siége d'un piqueté rouge sanguin et présente une
diminution notable de sa consistance et un foyer de ramollissement de
la grosseur d'une petite noix. Ce foyer, qu'il est facile de voir sur une
surface de section, forme à peine la ligne médiane. Le pédoncule
moyen 'du cervelet n'est pas altéré, mais la partie antéro-inférieure
de son hémisphère gauche est un peu molle. Le cœur adhère par
sa face antérieure au péricarde, dans une étendue de quelques centimètres, il présente une légère hypertrophie à gauche, où la valvule
mitrale est un peu épaisse et indurée, les valvules sgimoïde et tricus-
pide sont saines. L'aorte n'est pas athéromateuse, elle est cependant un
peu large dans la région thoracique. Les poumons sont congestionnés.
L'estomac présente par places un léger piqueté hémorrhagique. Les
reins sont injectés, le foie n'est pas altéré, la vésicule est remplie de
bile, la rate n'offre pas trace d'infarctus. (Obs. recueillie par M. Pierret
extraite de l'atlas de M. Lancereaux.)

Obs. VIII. — *Oblitération scléro-athéromateuse de la basilaire et d'une
vertébrale avec appoint fibrineux. Ramollissement de la protubérance
annulaire.* (Extraite de la thèse de M. Poumeau, Paris, 1866, p. 83).

M..., âgée de 65 ans, est entrée, le 10 mai 1866, à l'infirmerie de la
Salpêtrière, dans le service de M. Charcot.

La malade ne peut donner aucun renseignement, elle ne prononce
que des phrases indistinctes. Elle a une hémiplégie gauche ancienne

avec contracture. Ce matin, 10 mai, on a vu des mouvements couvul-
sifs de la face, des yeux et du bras droit, et la parole a été encore plus
embarrassée qu'auparavant. Elle n'a pas perdu complètement connaissance. ''

La tête et les yeux sont fortement déviés à droite avec raideur du cou.
Elle meut spontanément les membres droits, la sensibilité est conservée.
Les genoux sont froids et violacés; elle avale difficilement. Elle n'a
pas eu de frisson. Les pupilles sont égales, un peu contractées. Le pouls
est à 100.

Cette femme est habituellement gâteuse; le membre gauche est flasque, la malade ne le meut pas spontanément. (Paralysie infantile.)

Tempér. R. 37° 2/5. Celle de la main gauche (paralysie) 33° 4/5, à
droite 33.

Le 11. La malade est plus affaissée. Membre supérieur gauche plus
flasque dans l'extension. Les doigts de la main correspondante sont en
crochet. Tous les autres membres sont flasques. La tête est toujours
déviée à droite, sans raideur. .

La fille de la malade affirme qu'elle n'est paralysée que depuis
le 6 janvier de cette année et que cette paralysie serait venue par un
début apoplectique. Depuis hier, pas de nouvel accès convulsif.
T. R. 38 2/5.

Le 12. Face rouge violacée. Membre supérieur gauche complètement
flasque, température élevée, 40° 4/5. Pouls 118. Sueurs gluantes. Quelques mouvements réflexes du côté paralysé.

Mort le 13 mai à six heures du matin.

Autopsie.—A l'ouverture du crâne, il s'écoule une quantité de liquide
sanguinolent. Pas d'hémorrhagie sous-arachnoïdienne, pas de néo-
membranes de la dure-mère, pie-mère congestionnée. Les artères de
la base sont athéromateuses. La vertébrale gauche est oblitérée et plus
petite que la droite. Le tronc basilaire est complètement oblitéré. Pas
d'oblitération dans les artères cérébrales, cérébelleuses. Rien dans les
carotides. Sous la pie-mère, la substance grise présente de petites
taches jaunâtres, ocrées, qui sont très-superficielles; elles comprennent
à peine la substance grise, une seule atteint la substance blanche des
circonvolutions. Il en existe sur les deux hémisphères. Sur la partie
antérieure de l'hémisphère droit, on trouve des plaques laiteuses,
molles. Pas d'atrophie descendante manifeste. La protubérance a une
certaine mollesse, et, en la coupant, on trouve un ramollissement cen-
tral, occupant surtout la moitié droite de l'organe et empiétant un peu
sur la moitié gauche. C'est à ce niveau que siége l'obstruction du tronc

basilaire, et les artérioles qui en partent pour se rendre à la protubérance sont aussi privées de sang.

Il est évident que l'hémiplégie ancienne tenait aux plaques jaunes des circonvolutions, tandis que l'accès récent dépendait du ramollissement de la protubérance; celui-ci était un ramollissement blanc jaunâtre ayant plusieurs petits foyers.

L'oblitération de la basilaire était produite surtout par un rétrécissement athéromateux, qui n'était pas encore ramolli, mais scléreux; un petit caillot fibrineux en complétait l'oblitération. La vertébrale gauche était oblitérée de la même façon.

Il s'agit bien ici d'un ramollissement par thrombose du tronc basilaire; la nécrobiose n'a porté que sur des parties des centres nerveux alimentées par les artères très-grêles qui partent directement de ce tronc artériel. Les symptômes ont été assez obscurs; on avait remarqué, pendant la nuit, de la paralysie du côté gauche, quelques mouvements convulsifs se seraient produits, d'après les renseignements qu'on a recueillis, au moment de l'attaque. Ils pourraient s'expliquer, soit par la congestion meningée très-intense qu'on a trouvée à l'autopsie, soit par les cicatrices nombreuses et superficielles qui étaient disséminées sur les deux hémisphères.

Obs. IX. — *Oblitération du tronc basilaire. Thrombose de l'artère sylvienne gauche. Ramollissement cerébral. Mort. Autopsie.*

V..., âgé de 67 ans, concierge, entre à l'hôpital Lariboisière le 16 août 1866, dans le service de M. Oulmont.

Les renseignements recueillis sur le malade apprennent qu'il est sobre, misérable, habite un logement étroit, mal aéré, qu'il a toujours gagné péniblement sa vie. On n'obtient pas de détails sur ses maladies antérieures, ni sur la santé de ses parents.

Il est malade depuis environ neuf mois. Il a eu pendant ce temps trois attaques apoplectiformes avec perte de connaissance, à la suite desquelles son intelligence s'est peu à peu affaiblie; mais on n'a pas noté de paralysie. Le dernier de ces accidents remonte environ à trois mois.

Le 13 août dernier, il eut une perte brusque de connaissance à la suite de laquelle il resta paralysé du côté droit. A son entrée à l'hôpital le 16 août, on constate les signes suivants : hémiplégie droite complète, le malade ne peut remuer les membres de ce côté et les laisse retomber lorsqu'il les soulève, il n'y a pas de troubles de la sensibilité, pas de contracture, pas de douleurs dans les membres paralysés, qui sont le siège d'un œdème limité à ces parties. Les yeux paraissent un peu saillants, le droit surtout, mais les axes optiques ne sont pas déviés, les pupilles sont égales.

L'ouïe est un peu dure, le malade est comme absorbé, il ne répond que par des mots inintelligibles, mais montre assez facilement la langue, celle-ci n'offre pas de déviation notable.

La peau est sèche, chaude, le pouls large, un peu fréquent, les bruits du cœur sourds, mais pas de bruit anormal.

La langue est sèche, l'haleine forte, fétide; constipation depuis plusieurs jours; le ventre est dur et un peu ballonné; les urines sont foncées, ne contiennent pas d'albumine.

A la visite du soir, le malade est somnolent, il est impossible de lui arracher une seule parole. Lavement purgatif, ventouses scarifiées, à la nuque. Les jours suivants la somnolence est moins grande, la constipation est toujours opiniâtre.

Le 21. Le malade tombe dans le coma; le corps se couvre d'une sueur abondante, le pouls devient très-fréquent, les pommettes rouges, l'expectoration sanguine et purulente (signes de pneumonie hypostatique).

Mort dans la nuit du 21 au 23.

Autopsie pratiquée le 22.

Cavité cranienne. — Crâne épais fortement adhérent à la face externe de la dure-mère, qui est épaissie sur tout le long du sinus longitudinal supérieur. Les vaisseaux de la pie-mère sont gorgés de sang au niveau de la base et surtout du côté gauche.

Les artères cérébrales sont toutes très-altérées. Les carotides et les branches qui en partent sont épaisses, jaunes, béantes.

L'artère basilaire est le siége d'une altération, scléro-athéromateuse très-avancée; elle est comme étranglée vers le milieu de la protubérance, et à ce niveau il est impossible d'y faire pénétrer un stylet. En l'ouvrant à l'aide de ciseaux, on voit que son calibre a complètement disparu dans l'étendue de quelques millimètres, grâce à l'adossement exact des parois malades; celles-ci dures et ratatinées, offrent deux plaques jaunes disposées alternativement en sens inverse, ni caillots ni ulcérations. Au-dessous du point observé, l'artère s'élargit brusquement et paraît même un peu dilatée. A ce niveau, de petites artères qui partent du tronc basilaire sont remplies de petits caillots sanguins qui adèrent fortement aux parois artérielles. Au-dessus du rétrécissement il n'y a pas de sang coagulé; la paroi artérielle a une teinte pâle et le vaisseau semble être revenu un peu sur lui-même.

Au niveau même de la lésion, l'épaississement porte sur les trois tuniques. Elles peuvent se séparer facilement à l'aide d'une pince; en ce

Guilhem.   3

point, la tunique externe a une teinte violette et on y voit à l'œil nu un certain nombre de vaisseaux très-développés.

Au niveau de l'origine de la sylvienne, on trouve un caillot rosé, dense, adhérent assez fortement à la paroi artérielle, au niveau d'une altération scléro-athéromateuse assez avancée. Le caillot a deux centimètres et se termine en pointe mousse à ses deux extrémités.

L'examen de l'encéphale fait découvrir un foyer de ramollissement jaunâtre, diffus, crêmeux au centre, siégeant dans le lobe occipital gauche, immédiatement en arrière du ventricule latéral. Ce foyer est gros environ comme une noix et porte à sa partie centrale en même temps sur la substance grise et le noyau blanc ; à la surface, il s'étale en détruisant la substance grise des circonvolutions du bord externe de l'hémisphère (celles qui séparent la face externe de la base au niveau des circonvolutions occipitales.). En ce point, les méninges ne peuvent s'enlever sans entraîner la pulpe ramollie du foyer. Celle-ci est jaune, blanchâtre, semi-liquide, sans coloration sanguine apparente.

Sur les coupes des hémisphères, la substance nerveuse paraît un peu molle et pâteuse, quelques circonvolutions sont atrophiées comme ratatinées. Il n'y a pas d'autres foyer de ramollissement.

Cavité thoracique. — Péricarde distendu par une petite quantité de sérosité, le cœur est volumineux, dilaté, mais sans épaississement notable des parois. Les valvules auriculo-ventriculaires gauches et les sigmoïdes de l'aorte sont épaissies, jaunâtres ; il n'y a pas de lésion appréciable des orifices.

Dans l'aorte on trouve plusieurs plaques athéromateuses et calcaires, avec ulcérations.

Les deux poumons sont engoués le long du bord postérieur ; pas d'hépatisation, adhérence pleurale ancienne à droite.

Cavité abdominale. — Foie petit, dur, un peu granuleux, reins un peu graisseux avec stase veineuse.

Il nous eût été facile de rassembler un plus grand nombre d'observations et de donner ainsi plus d'extension à notre travail ; mais, dans la plupart des cas, disséminés dans les recueils périodiques, la symptomatologie a été prise d'une façon très-incomplète, l'obstruction du tronc basilaire, constatée à l'autopsie, ne venant que comme curiosité anatomique.

Dans d'autres faits, on trouve noté en même temps un certain nombre de lésions artérielles ou cérébrales qui empêchaient de se rendre un compte exact de ce qui appartient à l'oblitération du tronc basilaire lui-même. Ceci s'applique surtout aux observations abrégées consignées dans la thèse de M. Lancereaux (1). Ainsi rédigées, si elles suffisent à prouver l'influence des obstructions vasculaires sur la production du ramollissement; elles ne pouvaient servir à éclairer le côté clinique de la question que nous avons spécialement en vue dans ce travail.

SYMPTOMATOLOGIE.

Ainsi que toutes les obstructions vasculaires, la thrombose de l'artère basilaire ne se révèle à nous que par les troubles fonctionnels qu'elle détermine dans le territoire ischémié. Parmi les cas d'oblitération isolée de cette artère, qui pourraient nous être surtout utiles pour étudier les symptômes dégagés de toute complication, il en est malheureusement que les auteurs ont publiés au seul point de vue du fait anatomo-pathologique, sans indication aucune sur la nature des symptômes observés pendant la vie. Néanmoins, abstraction faite de ces faits, nous rapportons dans notre travail un certain nombre de cas dans lesquels la symptomatologie a été soigneusement prise et nous a paru, au moins dans ses traits les plus saillants, relever directement de l'oblitération du tronc basilaire.

Il résulte de l'analyse des faits, que la thrombose de cette artère peut se montrer chez des individus qui n'ont

(1) Lancereaux. De la thrombose et de l'embolie cérébrale. Thèse de Paris, 1862.

jamais éprouvé aucun symptôme d'affection cérébrale.
La maladie, dans ces cas, peut s'annoncer par un début
quelquefois assez brusque, ainsi que l'indiquent les auteurs ; mais le plus souvent le début nous a paru moins
rapide. Ainsi, dans l'observation de M. Pierret et que
nous avons rapportée, « une femme de 76 ans est prise
d'un vomissement non alimentaire, de diarrhée ; elle
ne perd pas connaissance, ne pousse aucun cri. » On la
transporte à l'infirmerie de la Salpêtrière, et c'est là que
les symptômes fonctionnels s'accusent graduellement.
Dans les deux cas que nous avons observés, les prodromes ont été d'une durée beaucoup plus longue. Chez la
malade de M. Damaschino, une céphalalgie extrê-
mement vive a précédé l'apparition de tous les autres symptômes de huit jours environ. On avait déjà
signalé ce symptôme comme annonçant la pression
qu'exercent sur la protubérance les tumeurs anévrys-
males qui se développent quelquefois sur les troncs ar-
tériéls voisins, et particulièrement dans le tronc basilaire (1). Accompagnant la céphalalgie ou existant sans
elle, on a noté encore (observation Redard), comme
symptômes de début, des étourdissements et des fourmillements dans les membres.

S'il n'existe pas, en même temps que la thrombose
basilaire, une lésion d'une partie quelconque de l'encéphale qui, antérieurement ou simultanément, ait exercé
ou exerce une dépression sur les fonctions intellectuel-
les, on n'observe que très-rarement des attaques apoplectiformes avec perte brusque de connaissance. Dans
presque tous les cas, l'intelligence est conservée jus-

----

(1) Gull, cité par Gauguenheim. Paris, 1866, p. 71. — Hardy. Gazette
des hôpitaux. Paris, 1847.

qu'au dernier moment. Nous pouvons même dire que, lorsque les accidents n'ont pas apparu avec la forme apoplectique, la connaissance n'est jamais abolie ; c'est-à-dire que cette dernière ne paraît ne se perdre que si la lésion, par son étendue, retentit du même coup dans tout l'organisme.

Au contraire, dans les cas où la lésion est circon-scrite, et où les accidents qui la trahissent, sont eux-mêmes limités, la connaissance reste habituellement intacte, ou ne se perd que graduellement, à mesure que la lésion, faisant des progrès, finit par entraîner la suppression des diverses fonctions.

Lorsque la thrombose du tronc basilaire survient chez des individus qui ont déjà eu des paralysies, des accidents cérébraux divers, il est commun de voir débuter l'affection par les étourdissements, les attaques apoplectiformes, avec perte plus ou moins complète de connaissance (obs. d'Oulmont), le délire (Cartaz). Dans l'observation de M. Vulpian, il existe bien une attaque apoplectiforme parfaitement caractérisée, mais la thrombose était compliquée dans ce cas d'un foyer de ramollissement d'une partie du lobe cérébelleux droit.

A ces différents modes de début succède ce que l'on pourrait appeler la période confirmée de l'affection, et qui n'est en réalité que la conséquence de l'ischémie protubérantielle s'augmentant graduellement. L'étude que nous avons faite de la circulation peut nous faire prévoir les principaux symptômes. Nous avons vu, en effet, que les racines du moteur commun, du trijumeau, du facial, reçoivent directement leurs artères nourri-cières du tronc basilaire ; nous savons encore que les artères destinées aux noyaux du pneumogastrique, du glosso-pharyngien, de l'auditif, et aussi à ceux du facial supérieur et du moteur externe viennent encore de ce tronc. C'est la lésion de ces différents nerfs, en effet, qui constitue le tableau clinique de l'affection à cette période et jusqu'à la fin.

La langue est presque toujours paralysée complètement. Le malade ne peut ordinairement lui faire dépasser les arcades dentaires ni lui imprimer des mouvements de latéralité, d'élévation ou d'abaissement. Bien que l'intelligence reste intacte, la parole est profondément entravée; l'émission des sons est pénible, et leur articulation, toujours imparfaite, est le plus souvent impossible. Il existe dans ces cas la variété d'aphasie désignée sous le nom de glossoplégie. Nous trouvons ce symptôme noté dans presque toutes nos observations. La déviation de la langue a été notée dans un cas.

Le pharynx perd communément sa sensibilité réflexe; la déglutition est difficile et dans un cas elle était impossible. On a noté une fois la déviation de la luette. Très-rarement des vomissements (Pierret).

Les altérations de la motilité sont constamment observées. La paralysie faciale peut être complète et siéger du même côté que la lésion ou du côté opposé. Tantôt elle est du même côté que la paralysie des membres, tantôt elle alterne avec elle. Nous chercherons plus loin l'explication que l'on peut donner des ces différents phénomènes.

Les contractures et les convulsions des muscles de la face et particulièrement des masséters ont été notés dans certains cas. L'orbiculaire nous a paru rarement atteint.

La déviation des yeux peut se faire du côté de la lésion, comme dans l'observation du Poumeau. Les yeux étaient déviés à droite et la lésion principale se trouvait dans la moitié droite de la protubérance. Dans certains cas, les axes optiques ne sont pas déviés. Les pupilles sont le plus habituellement contractées ; c'est un signe de lésion de la protubérance sur lequel Ladame a beaucoup insisté. Elles peuvent être égales, ainsi que cela a été soigneusement observé par M. Damaschino. On a encore noté cette égalité parfaite dans l'observation de M. Oulmont.

Dans les observations que nous avons eues sous les yeux, nous n'avons pas trouvé signalée de paralysie du moteur oculaire externe.

Bien que l'on ait spécialement indiqué la résolution complète des quatre membres comme un des signes des lésions protubérantielles, nous ne pouvons souscrire à cette façon d'envisager les faits. Nous ne nions pas la valeur du fait lorsqu'il existe, mais, dans la plupart des cas, nous n'avons trouvé qu'une hémiplégie du mouvement. Quelquefois l'autre côté s'est pris à son tour, mais presque jamais d'une façon complète. D'ailleurs en relisant les observations où la résolution complète des quatre membres est donnée comme signe quasi pathognomonique, on peut se convaincre que, même dans ces cas là la résolution n'est pas absolue. Ainsi dans l'observation de M. Vulpian, où il est dit que la résolution était complète, on constate des mouvements spontanés du bras gauche. Dans ce cas, ainsi que dans celui de M. Darolles, l'hémiplégie siégeait du même côté que la lésion.

Quelques malades ont présenté des convulsions et des contractures.

La sensibilité au tact, à la température, la sensibilité profonde, nous ont paru toujours conservées. Les mouvements réflexes persistent et sont quelquefois exagérés. Les mouvements respiratoires sont très-lents à une certaine période de la maladie. La malade observée par M. Cartaz, qui est morte avec une dyspnée considérable, nous paraît être une exception, et peut-être même faut-il l'attribuer à l'affection pleurétique dont elle était atteinte. Le plus souvent, nous le répétons la respiration est lente et suspirieuse.

Les battements du cœur sont normaux ou ralentis. Dans l'observation de M. Vulpian, ils étaient tumultueux.

L'examen des urines n'a pas été fait dans tous les cas que nous rapportons : mais, dans aucun, on n'a noté la présence du sucre ni de l'albumine.

La température, restée normale pendant toute la période d'état de la maladie, s'élève au moment de la mort. (Pierret, Redard, Darolles).

ANATOMIE ET PHYSIOLOGIE PATHOLOGIQUES.

Tout le monde sait ce que l'on entend par thrombose; qu'elle soit la conséquence de l'artérite ou de lésions scléro-athéromateuses. Nous devons faire remarquer cependant que dans l'artère basilaire, la thrombose est déterminée assez souvent, par une variété particulière d'artérite à marche très-aiguë, et dont les altérations portent sur les trois membranes à la fois, mais à des degrés divers. De ce fait constaté trois fois à notre connaissance dans le tronc basilaire, on ne saurait en

inférer que cette artère en est seule le siége. Il est très-
probable, au contraire, dit M. Hayem dans la note qu'il
nous a remise, que toutes les artères de la base du cerveau peuvent présenter les mêmes variétés d'inflammation.

Sous l'influence de cette artérite aiguë, la thrombose
du tronc basilaire s'est révélée tantôt par un début
brusque avec terminaison rapide (cas de M. Hayem (1),
tantôt, comme dans l'observation inédite que nous rapportons, par un début graduel n'ayant amené la mort
que le huitième jour.

Si, au point de vue spécial qui nous occupe, l'étude
anatomo-pathologique du thrombus et de l'artère oblitérée n'offre qu'un intérêt secondaire; il n'en est pas de
même des altérations de la protubérance consécutives
à l'ischémie de cet organe. Nous savons en effet que
l'obstruction d'une branche vasculaire importante est le
point de départ de désordres nutritifs qui se traduisent
rapidement et forcément par le ramollissement nécrosique du tissu nerveux. Le fait s'est rencontré dans tous
les cas que nous rapportons, et la variété symptomatique s'explique naturellement par le siége de la lésion.
Ce siége est, du reste, déterminé par la distribution
même des vaisseaux altérés.

Il n'entre pas dans notre sujet de faire l'étude histologique du ramollissement. Etant bien établi que le
ramollissement du tissu nerveux est la conséquence
obligée de l'obstruction de tout vaisseau important,
nous n'avons plus qu'à rechercher l'interprétation la
plus rationnelle des troubles fonctionnels qu'il détermine.

(1) Archives de physiologie, 1868.

Guilhem.　　　　　　　　　　　　　　　6

Les troubles de la motilité consécutifs à la thrombose du tronc basilaire sont de divers ordres ; s'ils manquent quelquefois, on doit reconnaître qu'ils constituent en réalité les désordres fonctionnels les plus communs.

Ces altérations, nous l'avons vu, peuvent porter sur la face, sur les membres et sur divers appareils, dans la constitution desquels le système musculaire entre pour une large part.

La paralysie des membres est ordinairement croisée par rapport à la lésion, soit qu'elle existe seule, soit qu'elle coïncide avec une paralysie de la face. Dans deux cas cependant (obs. de MM. Darolles et Vulpian) la paralysie était située du même côté que la lésion. Ce fait, anormal en apparence, trouve son explication dans les détails anatomiques que nous avons donnés. Il suffit de ne pas oublier en effet, que les parties latérales de la protubérance, contenant des prolongements d'une partie non entre croisée des faisceaux antéro-latéraux de la moelle, une lésion unilatérale de la protubérance peut avoir une influence directe sur la production d'une paralysie des membres du côté correspondant.

Il existe encore une forme de paralysie qui paraît rencontrer dans la protubérance les conditions les plus favorables pour sa production. Elle consiste en une paralysie complète d'un côté de la face, avec un affaiblissement des membres du côté opposé. C'est *l'hémiplégie alterne* dont l'étude est de date moderne (1).

(1) Ad. Gubler. De l'hémiplégie alterne envisagée comme lésion de la protubérance annulaire et comme preuve de la décussation des nerfs faciaux. (Gaz. hebdom. de méd. et de chirurg. Paris, 1866.)

Pour que l'hémiplégie alterne se produise, il faut
que la lésion intéresse, à la fois, et le nerf facial, et les
faisceaux cérébro-médullaires, avaht qu'ils aient opéré
leur entrecroisement. Voici comment M. Vulpian explique les paralysies alternes : « Elles trouvent une
explication assez facile dans les rapports du nerf facial
avec la protubérance annulaire. J'ai dit ailleurs que le
noyau d'origine de ce nerf correspond à peu près à
l'union de la protubérance et du bulbe rachidien. Sup-
posons une lésion de la moitié droite de la protubérance,
s'étendant jusqu'à ce noyau d'origine ou jusqu'au trajet
du nerf facial au travers de ces parties du centre nerveux. Si le nerf facial se trouve rompu dans ce trajet,
ou si son noyau d'origine se trouve désorganisé, il y
aura forcément paralysie de la moitié correspondante
de la face, et d'autre part à cause des entrecroisements
que subissent les éléments de la protubérance atteints
par la lésion, il y aura paralysie des membres du côté
opposé à la lésion.

« C'est là l'explication très-simple de la paralysie alterne due aux lésions de la protubérance annulaire ; et
dans ces cas, la paralysie faciale peut présenter deux
caractères assez importants et assez significatifs. D'abord
elle peut être beaucoup plus complète que dans les cas
où elle fait partie de l'hémiplégie ordinaire ; l'autre
caractère de cette paralysie faciale, c'est qu'il peut y
avoir rapidement perte apparente de l'irritabilité des
muscles de la face, comme dans les cas de paralysie faciale, par cause présumée rhumatismale, ou par lésion
traumatique (1). »

(1) Vulpian. Leçons sur la physiologie du système nerveux, p. 525.
Paris, 1866.

Contrairement à l'opinion admise, nous ne trouvons dans aucun de nos cas de paralysie complète de l'orbiculaire, soit qu'elle coïncide avec une hémiplégie directe ou alterne.

Dans les observations que nous rapportons, il n'y a que deux cas bien nets de paralysie alterne.

Ce fait aurait pu faire penser qu'une lésion unilatérale de la protubérance peut indistinctement produire une hémiplégie alterne dans un cas, et une hémiplégie croisée complète dans un autre. Mais cette dissidence entre les faits ne serait qu'apparente, et l'on a proposé, pour la faire disparaître, une explication fort simple, qui consiste à diviser en deux groupes, au point de vue de leurs symptômes, les lésions du mésocéphale, selon que, dans un même lobe, elles occupent la partie pédonculaire ou la partie bulbaire. Cette division, justifiée par ce fait que la portion pédonculaire renferme le nerf facial avant son entrecroisement, tandis que la portion bulbaire renfermant le nerf facial déjà décussé est de la plus haute importance (1).

Nous avons vu qu'une lésion unilatérale de la protubérance peut donner lieu, selon son siége, à une hémiplégie seulement croisée ou alterne ; mais on conçoit facilement que si peu que la lésion dépasse la ligne médiane ou s'établisse d'emblée à ce niveau elle pourra produire une paralysie des quatre membres, l'un des côtés étant toujours beaucoup moins atteint que l'autre.

Les troubles divers que l'on constate dans les organes des sens s'expliquent par la lésion possible du tri-

(1) Gubler. Loc. cit., p. 39. Paris, 1859.

jumeau à son origine mésencéphalique. D'après la physiologie expérimentale, la protubérance présiderait d'ailleurs aux sens de l'ouïe et du goût, et enfin on ne saurait méconnaître qu'une lésion peu étendue peut intéresser les nerfs auditifs, les tubercules quadrijumeaux et les nerfs optiques.

Dans un cas nous avons noté une dureté de l'ouïe. Indépendamment de la lésion possible du nerf auditif, on a invoqué une altération du trijumeau : pour appuyer cette manière de voir, on rappelle que le muscle interne du marteau est animé par un nerf provenant du ganglion otique, et que, d'ailleurs, le nerf acoustique s'anastomose, avant de pénétrer dans le conduit auditif interne, avec la grosse racine du nerf de la cinquième paire. Enfin une petite part dans la production de ces troubles de l'ouïe revient peut-être au nerf facial, puisque le muscle de l'étrier est mis en mouvement par une branche émanée de ce cordon nerveux (1).

Les troubles de la parole ne peuvent se rattacher à une lésion de l'intelligence puisque celle-ci est le plus habituellement conservée; aussi il a paru vraisemblable de placer dans une altération de l'hypoglosse et du nerf facial les troubles de la parole.

La déglutition toujours gênée, est souvent abolie, on a donné de ce fait plusieurs explications. Le nerf maxillaire inférieur animant l'un des muscles qui concourent au mouvement de déglutition, le muscle péristaphylin externe, on conçoit que ce muscle puisse être paralysé à la suite de la lésion du mésencéphale. Cela

(1) Seux fils. Quelques considérations pouvant servir à l'étude des maladies de la protubérance annulaire. (Union médicale de la Provence, t. III, p. 143. Marseille, 1866.)

ne serait pas suffisant. L'embarras dans les mouvements de déglutition paraît tenir, au moins autant, à
la paralysie des muscles stylo-glosso, digastrique, sty-
lo-hyoïdien et glosso-staphylin, auxquels le facial envoie
des filets nerveux.

Dans quelques cas, quoique les nerfs glosso-pharyngien, pneumogastrique, spinal et hypoglosse, ne naissent point de la protubérance, on a rapporté à leurs
lésions consécutives la gêne de la déglutition, en raison
du grand nombre de muscles auxquels ils se rendent,
et qui sont destinés au mécanisme de cette fonction.

En pareil cas on admet que le mésencéphale étant
altéré dans sa constitution, l'incitation volontaire
émanée des lobes cérébraux s'arrête fatalement à son
niveau et ne peut pas plus se transmettre aux nerfs
indiqués qu'aux cordons nerveux du bras ou de la
jambe, lorsque ces membres sont paralysés (1).

Les altérations de la respiration sont presque carac-
téristiques. Elle est le plus souvent lente, et devient rapidement stertoreuse. Le pouls est également ralenti.
Il nous semble possible d'admettre dans ces cas une
anémie des noyaux du pneumogastrique dont les artères nourricières partent de l'éperon vertébral.

Diagnostic et pronostic. — Nous ne pensons pas que
le diagnostic de la thrombose du tronc basilaire puisse
être fait d'une façon certaine. Sans doute, M. Duret
par sa remarquable étude sur les artères nourricières
de la protubérance et du bulbe a fait avancer la question, mais elle en nous paraît pas absolument résolue.

Si nous voyons chez un malade des troubles ocu-

(1) Seux fils. Loc. cit., p. 199.

laires, l'hémiplégie alterne et peut-être la paralysie gé-
néralisée ; une céphalalgie occipitale vive, la gêne dans
la déglutition ; enfin l'intégrité des fonctions intellec-
tuelles coïncidant avec la perte ou la gêne de la parole,
nous sommes autorisés, je le crois, à localiser la lésion
dans le mésocéphale.

Il reste encore à déterminer si ces troubles fonctionnels sont la conséquence d'une hémorrhagie ou d'un
ramollissement nécrosique. Sans trop vouloir préciser,
il nous semble cependant que l'on pourrait trouver un
élément de diagnostic dans le mode du début et la marche des accidents. L'hémorrhagie a en effet un début
plus brusque et peut-être aussi une terminaison plus rapide ; la thrombose de l'artère basilaire, au contraire,
ainsi que nous avons cherché à l'établir, s'annonce
souvent par des prodromes et les autres symptômes
s'accusent graduellement. Quelquefois cependant la
thrombose se révèle aussi par un début apoplectiforme
et la mort est rapide. L'explication de cette différence,
nous la trouvons dans la position du caillot.

Le pronostic est d'une gravité absolue. Cependant,
nous le répétons, la terminaison n'a lieu qu'au bout
d'un temps variable, en rapport avec le siége précis de
ésion et la rapidité plus ou moins grande de son
développement.

CONCLUSIONS.

Des observations rapportées dans notre travail, et de l'étude que nous avons faite de la circulation, il nous sera peut-être permis de présenter, sous forme de conclusion, les propositions suivantes :

1° La thrombose de l'artère basilaire donne lieu à des phénomènes complexes et variables, reconnaissant tous une cause unique : l'ischémie des diverses portions du mésocéphale et quelquefois aussi des globes du cervelet.

2° La maladie peut débuter subitement et avoir un dénoûment rapide; mais il nous a paru que souvent le début était graduel, et la terminaison, bien que toujours fatale, pouvait se faire attendre une semaine et davantage. La mort serait surtout rapide quand la lésion est bilatérale (Charcot).

3° Les symptômes varient suivant le siége de la lésion, et la position qu'occupe le thrombus rend compte de cette variabilité symptomatique.

4° La cause directe de la mort nous paraît tenir à l'anémie subite du noyau du pneumo-gastrique, dont les artères naissent au niveau même de l'éperon vertébral (Duret, communication orale). La conclusion est rigoureuse quand le thrombus se forme d'emblée à cette place ; quand il siége à la partie moyenne, la mort ne surviendrait que lorsque, par l'effacement graduel de la lumière du tronc, les artères du noyau du pneumogastrique sont elles-mêmes oblitérées.

Anatomie et histologie normales. — Articulations du pied.

Physiologie. — De la déglutition.

Physique. — Electricité atmosphérique. Lésions produites par la foudre. Paratonnerre.

Chimie. — Des oxydes d'étain, de bismuth et d'antimoine ; leur préparation. Caractères distinctifs de leur dissolution.

Histoire naturelle. — Des hirudinées ; leurs caractères généraux, leur classification. Des sangsues ; décrire les diverses espèces d'hirudiculture.

Pathologie externe. — Du glaucome aigu.

Pathologie interne. — Des accidents de la dentition.

Pathologie générale. — De l'intermittence dans les maladies.

Anatomie et histologie pathologiques. — De l'hypertrophie du cœur.

Médecine opératoire. — De la valeur des amputations de Chopart, de Symé, de Pirogoff, sous-astragalienne et sus-malléolaire, sous le rapport de l'utilité consécutive des membres.

Guilhem.   7

Pharmacologie. — De la glycérine considérée comme dissolvant. Caractères de sa pureté. Glycérolés; leur préparation.

Thérapeutique. — Des indications de la médication vomitive.

Hygiène. — Des bains.

Médecie légale. — Est-il indispensable, pour affirmer qu'il y a eu empoisonnement, que la substance toxique ait été isolée?

Accouchements. — De la rupture prématurée des membranes.

Vu par le Président de la Thèse,
LORAIN.

Vu et permis d'imprimer :
Le vice-recteur de l'Académie de Paris,
A. MOURIER.